POESIE

RAINER MARIA RILKE

GEORGE TRAKL

POESIE

3

a Ilse Bessell

G. P.

DAL LIBRO DELLE IMMAGINI

4

Annunciazione

(Le parole dell'Angelo)

5

Tu non sei piú vicina a Dio
di noi; siamo lontani
tutti. Ma tu hai stupende
benedette le mani.
Nascono chiare a te dal manto,
luminoso contorno:
io sono la rugiada, il giorno,
ma tu, tu sei la pianta.
Sono stanco ora, la strada è lunga,
perdonami, ho scordato
quello che il Grande alto sul sole
e sul trono gemmato,
manda a te, meditante
(mi ha vinto la vertigine).
Vedi: io sono l'origine,
ma tu, tu sei la pianta.
Ho steso ora le ali, sono
nella casa modesta
immenso; quasi manca lo spazio
alla mia grande veste.
Pur non mai fosti tanto sola,
vedi: appena mi senti;
nel bosco io sono un mite vento,
ma tu, tu sei la pianta.
Gli angeli tutti sono presi
da un nuovo turbamento:
certo non fu mai cosí intenso

e vago il desiderio.

Forse qualcosa ora s'annunzia

che in sogno tu comprendi.

Salute a te, l'anima vede:

ora sei pronta e attendi.

Tu sei la grande, eccelsa porta,

verranno a aprirti presto.

Tu che il mio canto intendi sola:

in te si perde la mia parola

come nella foresta.

Sono venuto a compiere

la visione santa.

Dio mi guarda, mi abbacina...

Ma tu, tu sei la pianta.

Giorno d'autunno

Signore: è tempo. Grande era l'arsura.

Deponi l'ombra sulle meridiane,

libera il vento sopra la pianura.

Fa' che sia colmo ancora il frutto estremo;

concedi ancora un giorno di tepore,

che il frutto giunga a maturare, e spremi

nel grave vino l'ultimo sapore.

Chi non ha casa adesso, non l'avrà.

Chi è solo a lungo solo dovrà stare,

leggere nelle veglie, e lunghi fogli

scrivere, e incerto sulle vie tornare

dove nell'aria fluttuano le foglie.

Dalle Nuove poesie

8

Apollo primitivo

Come talvolta in mezzo ai rami

ancora spogli un mattino sorge, e in quel momento

è primavera: cosí nulla affiora

dal suo capo, che il subito portento

della poesia non ci ferisca; il muro

d'ombra è lontano dal suo sguardo incauto

troppo fresca è la fronte per il lauro,

e solo tardi all'arco delle pure

sue sopracciglia sorgerà il rosaio,

da cui foglie cadute e sparse il lieve

tremito della bocca veleranno,

quella che tace adesso e accenna solo

a un sorriso da cui nitida beve

il canto come un'acqua nella gola.

Alcesti

A un tratto il messo era comparso, come

un nuovo giunto, immerso nel tumulto

della festa di nozze, fra la gente.

Ed essi, i bevitori, non sentirono

il dio dal chiuso andare, che portava

la sua divinità come un mantello

umido, e parve loro uno dei tanti

mentre passava. Ma improvvisamente

vide in mezzo ai discorsi uno degli ospiti

a capo della tavola lo sposo

come non piú giacente, ma rapito

in alto, rispecchiare dal profondo

un'ombra estranea che paurosamente

gli si volgeva... E subito fu chiaro,

fu calma, solo con un resto

a terra di torbido rumore, un gorgogliare

di balbettii cadenti, già corrotti,

di sorde risa trattenute. Allora

riconobbero il dio, l'agile dio,

che stava, pieno della sua missione,

implacabile, – e quasi si comprese.

Pure, quando fu detto, parve piú

d'ogni scienza, non cosa da comprendere.

Deve morire Admeto. Quando? Adesso.

Ma egli ruppe la scorza del dolore

in pezzi e ne distese alte le mani,

come per trattenere il dio fuggente.

Anni chiedeva, solo un anno ancora

di giovinezza, mesi, pochi giorni,

ah, non giorni, ma notti, una soltanto,

solo una notte, questa notte: questa.

Il dio negava. Gridò allora Admeto,

gridò vani richiami a lui, gridò,

come gridò sua madre al nascimento.

Ed ella venne a lui, la vecchia donna,

ed anche il padre venne, il vecchio padre,

e stettero invecchiati, incerti, presso

lui che gridava e a un tratto fissò in loro

lo sguardo, s'interruppe, inghiotti, disse:

«Padre,

importa molto a te di questo avanzo

di vita che ti vieta ormai l'amplesso?

Su, gettalo. E anche tu, tu, vecchia donna,

Matrona,

perché vivi tu ancora? Hai partorito».

E li teneva vittime all'altare

in una presa. A un tratto lasciò i vecchi,

li spinse via da sé, mentre chiamava

anelante, ispirato: Kreon, Kreon!

E solo questo, solo questo nome.

Ma sul suo viso quello che non disse

era impresso in attesa senza nome;

e ansante verso il giovane, il diletto

amico, oltre la tavola sconvolta

si protendeva: i vecchi, vedi, sono

consunti – misero riscatto – e poco

valgono, mentre tu nella pienezza...

Ma l'amico era come dileguato.

Allora tacque, e chi venne fu lei,

esile forse piú di prima, e lieve

e mesta nella sua veste nuziale.

Gli altri non sono che la strada a lei

che viene, viene... (e subito sarà

tra le braccia che s'aprono al dolore).

Ma Admeto attende ed ella non a lui

si volge. Parla al dio che la comprende,

e tutti la comprendono nel dio.

Nessuno è a lui compenso. Io solamente.

Io lo sono. Perché nessuno è al fine

come me. Cosa resta a me di quello

ch'ero qui, cosa resta oltre il morire?

Lei non ti ha detto nel mandarti a noi

che quel giaciglio che di là ci aspetta

è d'oltretomba? Io già presi commiato,

io presi ogni commiato.

Nessun morente piú di me, che vengo

perché tutto, sepolto sotto quello

che è il mio sposo, svanisca, si dissolva.

Prendimi dunque: prendimi per lui.

Come la brezza che si leva al largo,

il dio s'avvicinò, quasi a una morta

e fu lontano subito dall'uomo

a cui in un breve gesto egli donava

tutte le cento vite della terra.

Admeto, vacillante, li rincorse

per aggrapparsi, come in sogno. E loro

erano già dove le donne in pianto

gremivano l'uscita. Ma una volta

ancora egli le vide il viso, indietro

rivolto, in un sorriso chiaro come

una speranza, una promessa: a lui   13

tornare adulta dalla cupa morte,

a lui vivente...
Allora egli le mani

premette sulla fronte, inginocchiato,

per non vedere piú che quel sorriso.

Orfeo Euridice Hermes

Era l'ardua miniera delle anime.
Correvano nel buio come vene
d'argento, silenziose. Tra radici
sgorgava il sangue che poi sale ai vivi
nella tenebra duro come porfido.
Poi null'altro era rosso.
V'erano rocce
e boschi informi. Ponti sopra il vuoto
e quell'immenso grigio, cieco stagno
che premeva sul fondo come un cielo
di pioggia sui paesaggi della terra.
Fra i prati tenue e piena di promesse
correva come un lungo segno bianco
l'incerta traccia della sola strada.
E quell'unica strada era la loro.
Avanti l'uomo nel mantello azzurro
agile, con lo sguardo volto innanzi
muto e impaziente. Il passo divorava
la strada a grandi morsi. Gravi, rigide
cadevano le mani dalla veste
e ignoravano ormai la lieve lira
cresciuta alla sinistra come un cespo
di rose in mezzo ai rami dell'ulivo.
E i suoi sensi rompevano discordi:
lo sguardo andava innanzi, si aggirava
come un cane, era accanto e poi di nuovo
lontano, fermo sulla prima curva –
l'udito indietro come resta un'ombra.

Talvolta egli credeva di tornare

ai due che indietro sulla stessa via

dovevano seguirlo. Poi di nuovo

alle spalle restava appena l'eco

dei suoi passi e il mantello alto nel vento.

Ma diceva a se stesso: Essi verranno –,

ad alta voce, e si sentiva spegnere.

E tuttavia venivano ma due

dal lentissimo passo. Se egli avesse

potuto volgersi un istante (e volgersi

era annullare tutta quell'impresa

che si compiva ormai) li avrebbe visti,

i due che taciturni lo seguivano.

Il dio dei viaggi e del lontano annunzio

che innanzi a sé reggeva la sottile

verga, e aveva sugli occhi il breve casco

e alle caviglie un palpitare d'ali;

e affidata alla sua sinistra: lei.

Lei cosí amata che piú pianto trasse

da una lira che mai da donne in lutto;

cosí che un mondo fu lamento in cui

tutto ancora appariva: bosco e valle,

villaggio e strada, campo e fiume e belva;

e sul mondo di pianto ardeva un sole

come sopra la terra, e si volgeva

coi suoi pianeti un silenzioso cielo,

un cielo in pianto di deformi stelle –:

lei cosí amata.

Ma ora seguiva il gesto di quel dio,

turbato il passo dalle bende funebri,

malcerta, mite nella sua pazienza.

Era in se stessa come un alto augurio

e non pensava all'uomo che era innanzi,

non al cammino che saliva ai vivi.

Era in se stessa, e il suo dono di morte

le dava una pienezza.

Come un frutto di dolce oscurità

ella era piena della grande morte

e cosí nuova da non piú comprendere.

Era entrata a una nuova adolescenza

è intoccabile: il suo sesso era chiuso

come i fiori di sera, le sue mani

cosí schive del gesto delle nozze

che anche il contatto stranamente tenue

della mano del dio, sua lieve guida,

la turbava per troppa intimità.

Ormai non era piú la donna bionda

che altre volte nei canti del poeta

era apparsa, non piú profumo e isola

dell'ampio letto e proprietà dell'uomo.

Ora era sciolta come un'alta chioma,

diffusa come pioggia sulla terra,

divisa come un'ultima ricchezza.

Era radice ormai.

E quando a un tratto il dio

la trattenne e con voce di dolore

pronunciò le parole: si è voltato –,

lei non comprese e disse piano: Chi?

Ma avanti, scuro sulla chiara porta,

stava qualcuno il cui viso non era

da distinguere. Immobile guardava

come sull'orma di un sentiero erboso

il dio delle ambasciate mestamente

si volgesse in silenzio per seguire

lei che tornava sulla stessa via,

turbato il passo dalle bende funebri,

malcerta, mite nella sua pazienza.

18

E quasi una fanciulla era.

Da questa felicità di canto e lira nacque,

rifulse nella trasparente veste

primaverile e nel mio udito giacque.

E in me dormì. Tutto fu il suo dormire:

gli alberi che ammiravo, le distese

sensibili, le grandi praterie

presenti e lo stupore che mi prese.

Dormiva il mondo. O dio del canto, come

l'hai tu compiuta senza ch'ella prima

volesse essere desta? È nata e dorme.

E la sua morte? Non cadrà nel nulla

questo tuo canto, troverà una rima?

Ma da me dove inclina...? Una fanciulla...

I, 3

Un dio lo può. Ma un uomo, dimmi, come

potrà seguirlo sulla lira impari?

Discorde è il senso. Apollo non ha altari

all'incrociarsi di due vie del cuore.

Il canto che tu insegni non è brama,

non è speranza che conduci a segno.

Cantare è per te esistere. Un impegno

facile al dio. Ma noi, noi quando siamo?

Quando astri e terra il nostro essere tocca?

O giovane, non basta, se la bocca

anche ti trema di parole, ardire

nell'impeto d'amore. Ecco, si è spento.

In verità cantare è altro respiro.

È un soffio in nulla. Un calmo alito. Un vento.

I, 6

Egli è terreno? No, dai reami

diversi prese la vasta natura.

Piú esperto piega del salice i rami

chi le radici del salice cura.

Qunado fa buio sul desco non resti

pane né latte: attirano i morti –.

Ma egli, evocatore, li desti

e nello sguardo mite li esorti

a mescolarsi a ogni cosa veduta;

a lui l'incanto di erica e ruta

sia vero come il rapporto piú chiaro.

Niente l'immagine salda cancella;

sia della casa, sia della bara,

celebri l'urna, il fermaglio o l'anello.

I, 7

Ecco, esaltare! A esaltare egli venne,

sgorgò cosí come sgorga dal muto

sasso il metallo. Il suo cuore è il caduco

filtro d'un vino agli umani perenne.

Non mai la polvere spegne la pura

voce se l'eco del dio la trascina.

Tutto diventa grappolo e vigna

che il suo sensibile agosto matura.

Non il marcire dei re nella tomba

muta in menzogna il suo canto, non l'ombra

che da figure divine si posa.

Perché egli è uno dei messi piú forti

che ancora oltre le soglie dei morti

levano coppe di frutti gloriosi.

I, 10

Voi dal mio animo non mai lontani
saluto antichi sarcofaghi, tersa
voi l'acqua gaia dei giorni romani
come un mutevole canto traversa.
O quelli aperti come d'un lieto
pastore gli occhi al mattino, di lamio
pieni nel cavo del marmo e quieti,
da cui si levano rapiti sciami.
Voi tutti al dubbio sottratti saluto,
bocche di nuovo dischiuse, che un tempo
sapeste il senso d'essere muti.
Noi lo sappiamo, non lo sappiamo?
Le due parole l'ora esitante
traccia confuse sul viso umano.

Tu pensi fiori, grappoli, tralci...

Certo non parlano questa piú timida

lingua dei mesi. Dal buio una varia

ricchezza sorge, e ha il colore d'invidia

dei morti: ai morti si nutre la zolla.

Noi che sappiamo di tante fila?

Da molto tempo certo la molle

creta sopporta un'impronta sottile.

Ora ti chiedo: dànno di cuore?

È questo il frutto di un'opera lenta

di schiavi a noi che restiamo i signori?

O sono loro i padroni: chi giace

alle radici e a noi manda in silenzio

un suo superfluo vigore di baci?

Te voglio ancora ricordare una volta
fiore, il cui nome non so, voglio ancora
mostrarti a loro, compagna a noi tolta,
bella compagna all'invitto clamore.
Danza: ma a un tratto in perplessa movenza
trattiene il corpo, in metallo gettato,
triste a spiare. Da un'alta potenza
musica cade al suo cuore mutato.
Prossimo il male. Già da tenebra stretto
cupo urge il sangue: dopo breve sospetto
sboccia nel suo naturale rigoglio.
Sempre travolto in cupo orrore risplende
terreno. Giunto con note tremende
varca l'estrema, tragica soglia.

II, 2

Come il maestro nell'impeto a un foglio

qualunque affida la linea perfetta:

cosí talvolta lo specchio raccoglie

l'unico riso di giovinetta.

Quando al mattino da sola si ammira

o nel chiarore del lume sommesso...

Cadrà piú tardi nel puro respiro

dei veri volti solo un riflesso.

Quel che tra braci fu un giorno veduto

nel lento spegnersi fuliginose:

sguardi di vita per sempre perduti.

Oh, della terra chi sa gli smarriti

beni? Chi solo con note gloriose

celebri il cuore cui tutto dà vita.

II, 3

Specchi: nessuno cosciente ha descritto

cosa nasconda la vostra essenza.

Come crivelli di fori fitti

siete voi specchi, intervalli del tempo.

Voi che la sala deserta occupate –,

ampi al crepuscolo come selve...

Il lampadario, splendido cervo,

si aggira oltre la soglia vietata.

Talvolta grandi pitture siete.

Sembrano donne in voi trasfuse –,

altre sdegnosi non accogliete.

Ma la piú bella resta, il suo viso

penetrerà nelle guance dischiuse

un giorno il chiaro dissolto Narciso.

Bocca di fonte, tu che dài, tu bocca
che hai solo una parola, e sgorga pura –
tu maschera di marmo alla figura
mutevole dell'acqua. Gli acquedotti
corrono da lontano. Dai riposi
dell'Appennino, a fiore delle tombe,
portano la tua voce, e si confonde
appena lungo i vecchi orli corrosi
del mento: giú una vasca la raccoglie.
Un orecchio che dorme; tu gli parli
ininterrotta e il marmo ascolta i suoni.
Orecchio della terra. Con sé sola
parla cosí. Se un'anfora si posa,
sembra alla terra che tu l'abbandoni.

II, 26

Come ci prende il grido dei voli...
Forse un qualsiasi grido pensato.
Pure i bambini che giocano soli
sanno gridare passandoci a lato.
Gridano il caso. Nei vaghi interregni
di questo spazio del mondo (in cui puro
entra lo strido d'uccello, e s'insinua
l'uomo nel sogno) essi piantano acuto
il grido. – A noi che rimane? Tremanti
di risa agli orli, aquiloni strappati
sempre la vuota tempesta ci attira,
stracci nell'aria. – Ma tu, dio del canto,
ordina i gridi! Che a un segno destati
alto trasportino il capo e la lira.

O vieni e va'. Quasi bambina avanza

per un momento la figura al gesto

di quelle immagini astrali di danza

in cui talvolta la natura arresta

il suo sordo lavoro. Solo un tempo

la ridestò la musica d'Orfeo.

Tu aprivi allora le docili membra

turbata appena se al tuo fianco un vero

albero si muoveva ad ascoltare.

Sapevi il luogo dove coi suoi canti

la lira si levò –: l'orma terrena.

Per quello osasti i bei passi tentare

sperando un giorno dell'amico il viso

volgere, e il piede, a una festa serena.

Dalle Ultime poesie

31

Lamento di una monaca

Gesú Signore – piegati
a un uomo come tanti.
Tu sei ricco e possiedi
i piú splendidi ammanti
del cielo su di te.
Le donne che ti sei scelte
un giorno, a te sono rese:
puoi leggere con loro
e giocare, e a Teresa
mostrare le tue stanze.
Tua madre in cielo ora
è una dama e fiorisce
il suo nome regale
dalle nostre preghiere,
qui, da questi giardini
d'inverno, dove a volte
tu guardi, e strani cespi
trai dalle nostre voci.
Gesú Signore – hai tutte
le donne che tu ami.
Il mio grido che importa
se si perda o ti chiami?
Si perde in un lamento
e lo spazio lo strema.
Altre voci tu senti;
non t'ingannare: appena
dal mio cuore mi accosto
al mio viso che canta.

E vorrei farti male,

Signore, ma mi manca

l'animo: se sollevo

verso te la mia pena

subito ricade mite

e fredda come neve.

Fuori fossi rimasta

dove ho cominciato,

il giorno sarebbe angoscia

e la notte peccato.

Forse mi avrebbe presa

un uomo, e sarei sola,

e un altro sarebbe venuto

e la mia bocca ancora

soffrirebbe dei baci.

E un terzo a piedi l'avrei

seguito, ma, Signore,

per averne pietà;

e per stanchezza e paura

a un quarto mi sarei data

per non giacere piú sola

e abbracciare una creatura.

Ma se nessuno ha dormito

accanto a me, tu mi salvi?

Dov'ero quando cantavo?

Chi chiamo nei nostri salmi?

La mia vita è lontana −

Gesú, dimmi: è con te?

L'hai tu vista venire?

E sono in te, Signore?

E sono in te, Gesú?

Pensa: cosí finisce

nel rumore del giorno.

Ciascuno la rinnega,

nessuno piú conosce

la mia vita, Gesú.

Ed era la mia vita,

Gesú Signore, sei certo?

Non un'altra in cui pure

nessun morso abbia aperto

un suo segno, Gesú?

O la mia vita forse

non è con te, ma langue

spezzata, e intanto piove,

piove e l'acqua la bagna,

e gela dentro, Gesú?

***

Sulla via assolata, dentro al vecchio

tronco cavo che da lungo tempo

serve a bere e piano in sé rinnova

uno specchio d'acqua, la mia sete

calmo: l'acqua limpida e il suo flusso

prendo in me nel cavo della mano.

Bere è troppo, è un atto che tradisce,

mentre questo gesto in cui m'indugio

porta un'acqua chiara alla coscienza.

E cosí potrebbe riposarmi

se tu fossi qui, posare piano

la mia mano sulla fresca curva

della spalla o al limite del seno.

35

Eros

Eros! Eros! Maschere, accecate
Eros. Chi sostiene il suo fiammante
viso? Come il soffio dell'estate
alla primavera spegne i canti
di preludio. E nelle voci ascolta
ora l'ombra, e si fa cupo... Un grido...
Egli getta il brivido indicibile
su di loro come un'ampia volta.
O perduto, o subito perduto!
Breve il bacio degli dèi ci sfiora.
Altro è il tempo, e il destino è cresciuto.
Ma una fonte piange e ti accora.

***

Che questo non sia piú dinanzi a me
da cui distante oso volgere il viso:
strade aperte, cielo, terre – e il sorriso
di nessun volto caro che le confonda.
Tutta la pena dei possibili amori
giorno e notte ho sentito tornare:
confusi un tempo e remoti, ma uguali
nel rifiutarmi una gioia serena.
Nessuna notte futura piú dolce
sarà di quella notte lontana,
quando allo sguardo di noi rassegnati
ogni discordia di nuovo fu piana.
Accanto a lei innamorata nel sonno

forse il distacco sembrava piú lieve.

Il male per questo dolce volere

dell'amica che dorme, una donna.

Quando ogni cosa che soli ci ha avuti

stupiva come di un tradimento, –

ora tu sai che la candela brucia

se per angoscia il tuo lume si è spento

Sempre di nuovo, benché sappiamo il paesaggio d'amore

e il breve cimitero con i suoi tristi nomi

e il pauroso abisso silente, dove per gli altri

è la fine: torniamo a coppie tuttavia

di nuovo tra gli antichi alberi, ci posiamo

sempre, di nuovo, tra i fiori contro il cielo.

Dai Quaderni di Malte Laurids Brigge

38

Urnekloster

Avrò avuto allora dodici, al massimo tredici anni. Mio padre aveva voluto portarmi con sé a Urnekloster. Non so che cosa lo avesse indotto a visitare suo suocero; per molti anni, dalla morte di mia madre, i due uomini non si erano piú visti, e mio padre non era neppure mai stato nel vecchio castello in cui il conte Brahe si era ritirato solo tardi. Poi non vidi piú quella casa singolare, che alla morte di mio nonno passò in mano di estranei. Cosí come la ritrovo ora nei miei elaborati ricordi d'infanzia non è piú un edificio; è tutta divisa dentro di me: là una stanza, là un'altra stanza, e qui un pezzo di corridoio che non congiunge le due stanze ma si sostiene da sé, come un frammento. E tutto è frazionato in questo modo: le camere, le scale che scendono solenni e altre rampe strette e tortuose nella cui oscurità ci si inoltra come il sangue nelle vene; il solaio, i balconi sospesi in alto, le altane in cui si sbucava improvvisamente da una piccola porta: tutto questo è ancora dentro di me e non si cancellerà piú. È come se l'immagine di quella casa fosse precipitata in me da un'altezza incredibile e si fosse frantumata sul fondo.

Tutta intera nel mio cuore, almeno cosí mi sembra, è soltanto la sala in cui ci si riuniva ogni sera alle sette per la cena. Non ho mai visto quella stanza di giorno, non mi ricordo neanche se avesse finestre e dove guardassero; sempre, al momento in cui la famiglia entrava, le torce ardevano in pesanti candelabri, e in pochi minuti si scordava la luce del giorno e quello che si era visto fuori. La stanza alta, col soffitto, mi pare, a volta, era piú forte di tutto; con il buio dei muri, con i suoi angoli sempre un poco in ombra, sembrava assorbire le immagini che ciascuno portava con sé senza restituire nulla in compenso. Ci si sedeva come disfatti senza piú volontà, senza conoscenza, senza coraggio. Si aveva l'impressione che il posto fosse vuoto. Mi ricordo che questo stato di avvilimento in principio mi procurò un certo malessere, una specie di mal di mare che riuscivo a vincere solo stirando una gamba fino a toccare col piede il ginocchio di mio padre seduto di fronte a me. Solo piú tardi mi resi conto che egli aveva capito o almeno indovinato questa strana reazione, benché i rapporti quasi freddi che esistevano fra noi rendessero inspiegabile il mio contegno. Tuttavia fu quel leggero contatto che mi diede la forza di sopportare le prime lunghe cene. Ma dopo qualche settimana di sofferenze spasmodiche, con la facoltà di adattamento quasi illimitata dei bambini, mi abituai cosí bene all'angoscia di quelle riunioni che non mi costava piú la minima fatica passar due ore a tavola; il tempo scorreva anzi relativamente presto mentre io m'interessavo a osservare i presenti.

Mio nonno li chiamava la famiglia e sentii anche da altri adoperare questa parola che era del tutto arbitraria. Perché, se fra quelle quattro persone esistevano lontani vincoli di parentela reciproca, non vi era nulla di comune fra loro. Lo zio, che sedeva accanto a me, era un vecchio il cui viso severo e bruciato mostrava delle macchie nere: come seppi poi, i segni di una esplosione di polveri. Arcigno e malcontento com'era, aveva lasciato il servizio da maggiore e ora faceva esperimenti alchimistici in una stanza del castello che io non avevo mai vista; a quanto mi dissero i domestici era anche in rapporti con una casa di pena da cui una o due volte all'anno gli mandavano dei cadaveri. Egli si chiudeva con questi per giorni e notti e li sezionava e li lavorava in modo misterioso cosí da preservarli dalla decomposizione. Di fronte al suo c'era il posto della signorina Matilde Brahe. Costei era una persona di età indeterminata, una lontana cugina di mia madre, di cui si sapeva solo che aveva una fittissima corrispondenza con uno spiritista austriaco, un certo barone Nolde, al quale ella era cosí devota da non intraprendere mai la minima cosa senza averne prima il consenso o addirittura la benedizione. In quei tempi ella era straordinariamente grossa, il suo corpo pigro e molle era come versato nelle larghe vesti chiare; i suoi movimenti erano fiacchi e imprecisi e gli occhi le lacrimavano sempre. E tuttavia c'era in lei qualcosa che mi ricordava la figura esile e dolce di mia madre. Osservandola a lungo ritrovai nel suo viso quei tratti semplici e fini che dalla morte di mia madre non ero più riuscito a ricostruire: solo ora che vedevo tutti i giorni Matilde Brahe seppi di nuovo che aspetto aveva la scomparsa, e forse lo seppi per la prima volta. Allora si ricompose in me di cento e cento particolari un'immagine della morta, quell'immagine che mi accompagna dovunque. Piú tardi mi convinsi che nel viso della signorina Brahe esistevano tutti quegli elementi che formavano la fisonomia di mia madre – ma erano disgiunti come se un viso estraneo vi si fosse sovrapposto, sforzati e non piú in armonia fra loro.

Accanto alla signorina sedeva il figlio di un'altra cugina, un ragazzo all'incirca della mia età, ma più piccolo e piú gramo. Da un colletto a pieghe si levava un collo esile e pallido che spariva sotto il lungo mento. Le labbra erano sottili e serrate, le narici tremavano leggermente e dei begli occhi bruni uno solo si muoveva. Con quell'occhio triste e calmo guardava a volte verso di me, mentre l'altro era sempre rivolto dalla stessa parte come un oggetto venduto che non gli appartenesse piú.

A capotavola stava l'enorme poltrona di mio nonno che un domestico, il quale non aveva altro da fare, gli porgeva e di cui il vecchio occupava solo una piccola parte. C'erano alcuni che rivolgendosi al vecchio signore altero e un po' sordo lo chiamavano Eccellenza e Maresciallo, altri gli davano il titolo di Generale. E certo egli aveva posseduto tutte quelle dignità, ma era passato tanto tempo da quando aveva rivestito gli ultimi uffici che tali denominazioni parevano quasi incomprensibili. Mi pareva poi che nessun nome fosse adatto a quella personalità a momenti cosí netta ma subito dopo di nuovo svanita. Io non potevo risolvermi a chiamarlo nonno, benché talvolta si mostrasse affettuoso con me e mi chiamasse per nome cercando di dare un tono scherzoso alla sua voce. Del resto l'intera famiglia aveva di fronte al vecchio un atteggiamento misto di rispetto e di timidezza, solo il piccolo Erik viveva in una certa confidenza col vecchio signore. Il suo occhio mobile aveva a volte dei rapidi lampi d'intesa a cui il nonno rispondeva con pari rapidità; ed era anche facile vederli spuntare nei lunghi pomeriggi in fondo alla galleria e osservarli mentre passavano tenuti per mano davanti ai vecchi quadri scuri, senza parlare, intendendosi certo in qualche loro maniera. Io passavo quasi tutta la giornata nel parco e fuori, nei boschi di faggio o nelle brughiere; per fortuna c'erano dei cani a Urnekloster con cui mi divertivo. Qua e là si trovava una cascina o una fattoria dove mi davano pane, latte e frutta, e credo di aver goduto di questa libertà con abbastanza spensieratezza senza lasciarmi spaventare, almeno nelle ultime settimane, dal pensiero delle riunioni serali. Non parlavo quasi con nessuno, ero felice di essere solo; soltanto con i cani avevo di quando in quando dei brevi colloqui e con loro mi capivo benissimo. L'essere taciturni era del resto una proprietà di famiglia; lo sapevo da mio padre e non mi meravigliavo se la sera a tavola non si parlava quasi affatto.

Pure nei primi giorni dopo il nostro arrivo Matilde Brahe si mostrò straordinariamente loquace. Domandava a mio padre di antichi conoscenti in città straniere, ricordava impressioni remote e si commoveva fino alle lacrime citando amiche morte o parlando di un giovane che pare l'avesse amata di una passione intensa e disperata ma non corrisposta. Mio padre ascoltava garbatamente, chinava ogni tanto il capo in segno di approvazione e rispondeva solo quando era indispensabile. Il vecchio a capotavola sorrideva di continuo con le labbra socchiuse, e il suo viso appariva piú grande del solito, e allora non si rivolgeva a nessuno, ma la sua voce, benché fosse molto piana, si udiva in tutta la sala; aveva qualcosa del ritmo neutro e regolare di un orologio; e sembrava che l'aria intorno avesse una risonanza vuota, uguale per ogni sillaba.

Il conte Brahe considerava una speciale cortesia verso mio padre il parlargli della moglie morta, di mia madre. La chiamava la contessa Sibilla e tutte le sue frasi si concludevano come se chiedesse di lei. Me la faceva apparire, non so perché, come una ragazza molto giovane, vestita di bianco, che da un momento all'altro potesse entrare fra noi. Nello stesso tono sentivo parlare anche della «nostra piccola Anna Sofia». E quando un giorno chiesi di questa fanciulla che il nonno sembrava avere particolarmente cara, seppi che egli parlava della figlia del Gran Cancelliere Konrad Reventlow, un tempo sposa morganatica di Federico Quarto, ora sepolta a Roskilde da quasi cento anni. La successione del tempo non aveva senso per lui; la morte era un piccolo incidente che egli ignorava del tutto; le persone che erano entrate una volta nella sua memoria esistevano, e la morte non portava alcun cambiamento. Molti anni piú tardi, dopo la morte del vecchio, mi dissero che con la stessa sicurezza egli considerava presente anche il futuro. Una volta aveva parlato a una giovane donna dei suoi figli e in particolare dei viaggi che uno di questi figli avrebbe compiuto, mentre la donna, che si trovava appena nel terzo mese della sua prima gravidanza, sentendolo parlare con tanta pacatezza, era quasi svenuta di sgomento e di paura.

Ma cominciò cosí, che una sera io risi. Sí, risi forte, e non potei trattenermi. Era una sera in cui mancava Matilde Brahe. Tuttavia il vecchio domestico quasi cieco arrivato al suo posto le offerse ugualmente il piatto. Si fermò cosí per un attimo, poi continuò soddisfatto e dignitoso come se tutto fosse in regola. Io avevo osservato la scena e nel momento in cui l'avevo vista non mi era parsa comica. Ma un momento piú tardi, proprio mentre portavo un boccone alla labbra, il riso mi salí cosí rapidamente alla testa che singhiozzai e feci un gran rumore. E benché la situazione fosse molto spiacevole per me e mi sforzassi in tutti i modi di essere serio, il riso tornava impetuoso, finché mi dominò completamente.

Mio padre, anche per coprire il mio contegno, domandò con la sua voce piana e sommessa: «Matilde è malata?» Il nonno sorrise in quel suo modo strano e rispose con una frase a cui io, tutto assorto in me stesso, non badai, e che suonava press'a poco cosí: «No, ma desidera non incontrare Cristina». E non mi accorsi che per effetto di quelle parole il mio vicino, il maggiore bruno, si era alzato mormorando delle scuse confuse e con un inchino verso il conte aveva lasciato la sala. Notai tuttavia che arrivato alla porta, alle spalle del vecchio, il maggiore si era voltato indietro e aveva fatto al piccolo Erik, e con mio grande stupore anche a me, dei cenni con la mano e col capo come per invitarci a seguirlo. Ne fui cosí sorpreso che il riso finí di opprimermi. Del resto non prestai attenzione al maggiore; mi era antipatico, e vidi che anche il piccolo Erik non se ne curava.

La cena si trascinò avanti come sempre, ed eravamo quasi alle frutta quando il mio sguardo fu attratto e subito preso da un movimento che avveniva in fondo alla stanza, nella semioscurità. A poco a poco, mi pare, si era aperta una porta sempre chiusa, di cui mi avevano detto che dava nell'ammezzato; e ora, mentre io guardavo con un sentimento affatto nuovo di curiosità e di angoscia, era apparsa nel buio del vano una svelta figura di donna, vestita di bianco, che veniva lentamente verso di noi. Non so se mi mossi o se fiatai; il rumore di una sedia rovesciata mi costrinse a staccare lo sguardo da quella strana figura e vidi mio padre che si era alzato in piedi e, pallidissimo, con i pugni contratti, si muoveva verso la donna. Lei intanto si avvicinava a noi, passo passo, affatto estranea a questa scena, e non era lontana dal posto del conte quando il vecchio si alzò di colpo, prese mio padre per un braccio, lo ricondusse a tavola e ve lo tenne fermo, mentre la sconosciuta traversava la stanza ormai deserta e piena di un indescrivibile silenzio, in cui solo si sentiva il tintinnio di un bicchiere, per scomparire in una porta della parete opposta. In quel momento mi accorsi che il piccolo Erik chiudeva la porta dietro la sconosciuta con un profondo inchino.

Io ero il solo che fosse rimasto a tavola; mi sentivo cosí pesante sulla sedia che non credevo di potermi alzare mai piú. Guardai per un poco senza vedere. Poi vidi mio padre e mi accorsi che il vecchio lo teneva sempre per un braccio. Il viso di mio padre era eccitato, gonfio di sangue, ma il nonno, le cui dita stringevano il braccio come bianchi artigli, ammiccava col suo sorriso di maschera. Sentii quello che diceva, sillaba per sillaba, senza riuscire ad afferrare il senso delle sue parole. Pure penetrarono profondamente nel mio udito perché circa due anni fa le ritrovai un giorno nella memoria e da allora le so. Disse: «Sei impetuoso e scortese. Perché non lasci andare la gente per i fatti suoi?» «Chi era?» gridò mio padre interrompendolo. «Una che ha il diritto di trovarsi qui. Non un'estranea. Cristina Brahe». Allora tornò quello strano silenzio e il bicchiere cominciò di nuovo a tremare. Mio padre si liberò con uno strappo e uscí bruscamente dalla sala.

Per tutta la notte lo sentii andare su e giú per la sua camera, perché anch'io non riuscivo a dormire. Ma a un tratto, verso il mattino, mi svegliai da una specie di dormiveglia e, con un brivido che mi penetrò fino al cuore, vidi che qualcosa di bianco si era posato sul mio letto. Nel mio sgomento trovai finalmente la forza di ficcare la testa sotto le coperte e là cominciai a piangere di disperazione e di angoscia. Poi provai un'impressione di chiaro e di fresco sugli occhi e li tenni stretti sulle lacrime per non vedere. Ma la voce che ora mi parlava da molto vicino veniva sul mio viso tiepida e dolce, e la riconobbi: era la voce della signorina Matilde. Mi calmai subito, ma benché fossi già tranquillo dentro di me, mi lasciai consolare: sentivo che questa bontà era superflua ma me ne compiacevo e mi pareva in qualche modo di averla meritata. «Zia, – dissi finalmente cercando di ricomporre nel suo viso sbiadito i tratti di mia madre, – zia, chi era quella signora?» «Ah, – rispose la signorina Brahe con un sospiro che mi parve comico, – un'infelice, bambino mio, un'infelice».

Quella stessa mattina vidi in una camera i domestici che si affaccendavano con le valige. Pensai che saremmo partiti e trovai naturale la nostra partenza. Forse era stata anche l'intenzione di mio padre. Non seppi mai che cosa lo avesse indotto a fermarsi a Urnekloster dopo quella sera. Ma non partimmo. Ci fermammo ancora otto o nove settimane in quella casa, sopportammo il peso dei suoi strani eventi e vedemmo ancora tre volte Cristina Brahe.

Allora non sapevo nulla della sua storia. Non sapevo che da molto tempo, molto tempo, ella era morta nel suo secondo parto dando alla luce un bambino che poi doveva crescere a una sorte dolorosa e crudele – non sapevo che era una morta. Ma mio padre lo sapeva. Si era voluto costringere, lui che era un passionale ma credeva nella chiarezza e nella logica, ad accettare quest'avventura con fermezza e senza domande. Vidi, senza capirne il perché, le lotte che combatteva con se stesso e, sempre senza rendermene conto, partecipai alla sua vittoria.

Fu quando vedemmo per l'ultima volta Cristina Brahe. Quella volta era comparsa a tavola anche la signorina Matilde, ma era diversa dal solito. Come nei primi giorni dopo il nostro arrivo parlava continuamente senza un filo preciso e confondendosi spesso; inoltre c'era in lei una specie di inquietudine fisica che la obbligava ad aggiustarsi tutti i momenti i capelli o il vestito – finché a un certo punto balzò in piedi con un grido di sgomento e scomparve. In quello stesso attimo i miei occhi si volsero involontariamente a quella certa porta: entrava Cristina Brahe. Il mio vicino, il maggiore, ebbe una brusca scossa che si trasmise al mio corpo, ma evidentemente egli non aveva piú la forza di alzarsi. Il suo viso di vecchio, bruno e macchiato, si volgeva dall'uno all'altro, la bocca era aperta e la lingua batteva dietro i denti guasti; poi, di colpo, il viso sparí, rimase solo una testa grigia sulla tavola, le braccia abbandonate come in pezzi, e da qualche parte una mano flaccida e macchiata che tremava.

Allora entrò Cristina Brahe, passo passo, lenta come una malata, nel silenzio indescrivibile in cui tremava solo una nota, il guaito di un vecchio cane. E a sinistra del grande cigno d'argento pieno di narcisi si levò la grande maschera del vecchio col suo tetro sorriso. Levò il bicchiere verso mio padre. E vidi mio padre, proprio mentre Cristina Brahe passava dietro la sua sedia, afferrare il bicchiere e sollevarlo appena sopra la tavola come qualcosa che fosse molto pesante.

Quella stessa notte partimmo.

Sono seduto e leggo un poeta. C'è molta gente nella sala ma non si fa sentire. Sono tutti nei libri. Talvolta si muovono tra i fogli come uomini che dormano e si voltino fra due sogni. Fa bene stare cosí, fra uomini che leggono. Perché non sono sempre cosí? Tu puoi avvicinarti a uno di loro e toccarlo leggermente: non ti sente. Se urti appena un vicino, alzandoti, e gli chiedi scusa, egli accenna dalla parte da cui viene la tua voce: volge il viso verso di te e non ti vede, e i suoi capelli sono come i capelli di uno che dorma. E questo fa bene. Io sono seduto e leggo un poeta. Un curioso destino. Ci sono forse trecento persone che leggono nella sala; ma è impossibile che ciascun di loro abbia un poeta. (Dio sa cos'hanno). Non ci sono trecento poeti. E vedi il destino; io, il piú miserabile forse fra tutta questa gente, uno straniero: io ho un poeta. Benché sia povero. Benché il vestito che porto tutti i giorni cominci a logorarsi in alcuni punti e ci sia molto da ridire sulle mie scarpe. Certo il colletto della camicia è pulito e la biancheria anche; e potrei come sono, entrare in una buona pasticceria, magari dei boulevards, posare tranquillamente la mano su un vassoio e prendere una pasta. Nessuno troverebbe strano il mio gesto; nessuno mi sgriderebbe o verrebbe a mandarmi via, perché è sempre una mano di buona apparenza, una mano lavata quattro o cinque volte al giorno. Le unghie sono nitide, l'indice non è macchiato d'inchiostro e specialmente i polsi sono immacolati. I poveri non si lavano fin lí, è cosa nota. Dalla bianchezza dei polsi si possono trarre molte deduzioni. E magari si traggono. Soprattutto nei negozi. Ma esistono un paio di creature, sul Boulevard SaintMichel, per esempio, e in Rue Racine, che non si lasciano ingannare, che si ridono dei miei polsi. Mi vedono e sanno tutto. Sanno che io appartengo a loro, che faccio solo un po' il commediante. È carnevale del resto. E non vogliono guastarmi il giuoco: fanno appena una smorfia e ammiccano con gli occhi. Nessuno se ne accorge. Per il resto mi trattano come un signore. Basta che ci sia qualcuno nelle vicinanze e mi trattano con deferenza. Fanno come se io avessi una pelliccia e la vettura che mi aspetta. A volte do loro due soldi, e tremo all'idea che potrebbero rifiutarli; ma li prendono sempre. E tutto sarebbe a posto se non facessero ancora una volta una smorfia, e se non ammiccassero un po'.

Chi sono queste persone? Che vogliono da me? Mi aspettano? E da che cosa mi riconoscono? È vero, la mia barba è trascurata e ricorda un poco, ma pochissimo, le loro vecchie barbe malate, quelle barbe pallide che mi hanno sempre fatto ribrezzo. Ma non ho forse il diritto di trascurare la mia barba? Tante persone molto occupate lo fanno, e a nessuno viene in mente per questo di annoverarle tra i rifiuti. Perché è chiaro che essi sono rifiuti, non solo mendicanti; anzi non sono mendicanti, bisogna distinguere. Sono relitti, bucce di uomini, che la sorte ha sputato. Umidi di questa saliva della sorte strisciano su un muro, su un lampione, su un'edicola, o traversano lentamente la strada lasciandosi dietro un'oscura traccia di sporcizia. Che mai voleva da me quella vecchia venuta fuori da non so quale buco con in mano il cassetto del suo comodino dove rotolavano aghi e bottoni? Perché continuava a venirmi dietro e mi guardava come se volesse riconoscermi, con i suoi occhi cisposi dove pareva che un malato avesse sputato fra le palpebre sanguinolenti la sua saliva verdastra? E perché quell'altra piccola donna grigia rimase per un quarto d'ora ferma al mio fianco davanti a una vetrina mostrandomi una lunga e vecchia matita che pendeva lentamente dalle sue mani chiuse e cattive? Io feci finta di guardare gli oggetti esposti e di non notare nulla. Ma lei sapeva che l'avevo vista, che indugiavo a pensare che cosa realmente facesse. Perché sentivo bene che non si trattava della matita, sentivo che quello era un segno, un segno per iniziati, un segno che conoscono i rifiuti; sapevo che con quel segno mi si diceva di fare qualcosa o di andare in qualche posto. E il piú strano fu che non riuscii mai a liberarmi dall'impressione che esistesse in realtà un linguaggio segreto a cui quel segno apparteneva, e che quella scena fosse qualcosa che avrei dovuto aspettarmi.

Questo fu due settimane fa. Ma ora non passa quasi giorno senza un incontro di quel genere. Non solo al crepuscolo, ma anche a mezzogiorno e nelle strade piú affollate accade che a un tratto un ometto o una vecchia si presentino, ammicchino indicandomi qualcosa e spariscano di nuovo come se il loro compito fosse terminato. È possibile che un giorno pensino di venire fino in camera mia; sanno certo dove abito e si comporteranno in modo che il portiere non li fermi. Ma qui, miei cari, sono al sicuro da voi. Bisogna avere una tessera speciale per entrare in questa sala. Questa tessera mi distingue da voi. Vado un po' timido per strada, è naturale, ma poi arrivo davanti alla porta a vetri, la apro come se fossi di casa, mostro la mia tessera alla porta successiva (molto semplicemente, come voi mostrate i vostri oggetti, solo con la differenza che la gente mi capisce, capisce che cosa voglio) e finalmente mi trovo fra questi libri. Sono fuggito a voi come se fossi morto; siedo e leggo un poeta.

Sapete voi che cos'è un poeta? Verlaine... Nulla? Nessun ricordo? No. Non fate differenza fra quelli che conoscete? Lo so, voi non fate mai differenze. Ma è un altro poeta quello che io leggo, uno che non abita a Parigi. Del tutto diverso. Un poeta che ha una casa tranquilla nei monti. Che ha il suono di una campana nell'aria limpida. Un poeta felice che racconta delle sue finestre, delle vetrine della sua libreria dove si specchia assorta una cara profondità solitaria. Proprio il poeta che avrei voluto diventare: perché egli sa molto delle fanciulle e anch'io avrei saputo molto di loro. Egli sa di fanciulle che sono vissute cent'anni fa; e non fa nulla che siano morte, perché egli sa tutto di loro. E questa è la cosa importante. Egli pronuncia i loro nomi, quei nomi leggeri, scritti a grandi caratteri slanciati, con gli svolazzi di un tempo, e i nomi maturi delle loro amiche piú grandi in cui risuona già un po' di destino, un po' di delusione e di morte. Forse in un angolo della sua scrivania di mogano riposano le loro lettere sbiadite, i fogli sciolti dei loro diari in cui sono raccolti compleanni, gite d'estate, genetliaci. O forse in fondo alla sua camera da letto, nel comò panciuto, c'è un cassetto dove sono piegati i loro abiti primaverili; abiti bianchi che si mettevano per la prima volta a Pasqua, abiti di tulle sbuffanti che dovevano servire per un'estate (ma era impossibile aspettare l'estate). Quella è una sorte veramente felice: vivere nelle stanze silenziose di una casa ereditata, in mezzo a cose stabili e tranquille, sentire fuori le prime cinciallegre che si cercano nel giardino verde e luminoso, e lontano l'orologio del villaggio. Stare seduti e vedere una lunga striscia di sole meridiano, e sapere tutto delle ragazze di un tempo, ed essere un poeta. E pensare che anch'io sarei diventato un poeta cosí se avessi potuto abitare qua o là, in una delle tante case di campagna ormai chiuse e di cui nessuno si cura. Avrei adoperato solo una camera (la camera piena di luce, nel solaio). Là sarei vissuto con le vecchie cose, i ritratti di famiglia, i libri. E avrei avuto una poltrona a fiori, e cani, e un robusto bastone per i sentieri pietrosi. E null'altro. Solo un libro legato in cuoio giallo avorio con un vecchio frontespizio a fiori: e avrei scritto in quel libro. Molto avrei scritto, perché avrei avuto molti pensieri e ricordi di molte fanciulle.

Ma è stato altrimenti, Dio sa perché. I miei mobili marciscono in una soffitta dove ho potuto sistemarli, ed io stesso, sí anch'io, mio Dio, non ho un tetto, e mi piove sugli occhi.

Talvolta passo davanti alle bottegucce di Rue de la Seine. Venditori di roba vecchia, piccoli librai antiquari e mercanti di incisioni su rame, tutti con le vetrine piene zeppe. Non entra mai nessuno da loro. All'apparenza non fanno affari. Ma se si guarda dentro stanno sempre seduti e leggono, noncuranti. Non si preoccupano del domani, non si agitano per il successo; hanno un cane che si accuccia davanti a loro, comodamente, o un gatto che fa piú grande il silenzio frusciando contro le file dei libri come per cancellare i titoli dai dorsi.

Ah, se questo bastasse! Certe volte vorrei comprarmi una vetrina cosí piena e rinchiudermi là dentro con un cane, per vent'anni.

Fa bene a dire a voce alta: «Non è accaduto nulla». Ancora una volta: «Non è accaduto nulla». Ma giova?

Che la mia stufa fumi di nuovo e che io sia dovuto uscire non si può dire una disgrazia. Che mi senta stanco e infreddolito, non ha molta importanza. Che abbia passato tutto il giorno a correre su e giú per le strade, è colpa mia. Avrei potuto benissimo rifugiarmi al Louvre. O forse no, non avrei potuto. Là va certa gente che si vuole scaldare. Si siedono sui divani di velluto e i loro piedi stanno uno accanto all'altro sulla griglia dei caloriferi, come grossi scarponi vuoti. È gente straordinariamente umile che è riconoscente se il custode nell'uniforme scura con tanti fregi la tollera. Ma quando entro io, fanno una smorfia. Fanno la solita smorfia e ammiccano un poco. Poi, quando vado su e giú davanti ai quadri, mi fissano con gli occhi, sempre con quei loro occhi torbidi e smorti. Cosí è meglio che non sia andato al Louvre. Sono sempre stato in strada. Sa il cielo in quanti sobborghi sono stato, in quante strade, cimiteri, ponti, gallerie. Non so piú dove ho visto un uomo che spingeva un carretto di verdura. Gridava: Choufleur, choufleur; con un eu stranamente malinconico. Accanto a lui camminava una brutta donna stecchita che di tanto in tanto lo urtava. E a ognuno di quegli urti l'uomo gridava. Talvolta gridava anche da solo ma era inutile e doveva gridare di nuovo, perché si era dinanzi a una casa di compratori. Ho già detto che l'uomo era cieco? No? Ebbene era cieco. Era cieco e gridava. Mentirei dicendo questo solo, sopprimendo il carretto, non ricordando che la parola che quell'uomo gridava era: cavolfiore!

Ma è essenziale questo? E anche se è essenziale, spiega quello che è stato per me quella visione? Ho visto un vecchio che era cieco e gridava. Questo ho visto. Visto.

E si crederà che esistono case sí fatte? No, si dirà che mentisco. Ma questa volta è la verità; non ho lasciato da parte nulla, non ho aggiunto nulla. Del resto, dove avrei potuto trovare altro? Si sa che son povero. È cosa nota. Case, dunque? No, per essere esatti, case che non esistevano piú. Case demolite dal tetto in giú. Quello che restava erano le altre case, le case alte, superstiti. Pareva che fossero anch'esse in pericolo da quando avevano demolito tutto intorno; e un'armatura di lunghe travi incatramate era stata messa obliqua fra il terreno ingombro di macerie e la parete rimasta a nudo. Non so se ho già detto che è quella la parete a cui io penso. Ma è, per cosí dire, non la prima parete delle case rimaste in piedi (come si potrebbe pensare), ma l'ultima delle case di una volta. Si vedeva la parte loro. Si vedevano ai vari piani muri di camere su cui era ancora attaccata la tappezzeria, qua e là gli inserti del pavimento e del soffitto. Fra una stanza e l'altra lungo tutta la parete correva un canale bianco sporco e su quel canale si snodava come un verme, con i nauseabondi contorcimenti di un intestino che digerisce, il tubo aperto e arrugginito delle latrine. Delle condutture dove era passato il gas illuminante erano rimaste tracce grigie e polverose all'orlo dei soffitti che qua e là si curvavano in bizzarre volute e sparivano nel colore delle pareti lasciando buchi tenebrosi. Ma quello che è piú difficile dimenticare sono le pareti stesse. La vita tenace di quelle stanze non si era lasciata distruggere. Era ancora là, aggrappata ai chiodi rimasti sui muri, dritta sugli ultimi resti dei pavimenti, appiattata nei rifugi degli angoli, dove restava ancora un po' di spazio. Si poteva vederla nei colori che lentamente, da un anno all'altro, cambiavano: il blu diventava un verde pallido, il verde grigio, il giallo un bianco vecchio e gualcito, pieno di muffa. Ma era anche nei luoghi piú freschi che si erano mantenuti dietro gli specchi, i quadri e gli armadi; aveva tracciato sempre piú netti i loro contorni e si era rifugiata in quegli angoli nascosti con la polvere e le tele di ragno che ora apparivano alla luce.

Era in ogni striscia logora, in ogni bolla di umidità cresciuta all'orlo inferiore della tappezzeria. Palpitava in ogni brandello strappato, trasudava dalle macchie schifose che si erano formate da lungo tempo. E da quei muri incorniciati nei riquadri delle pareti interne emanava il soffio di quella vita, un soffio tenace, pigro, stagnante, che nessun vento aveva potuto portar via. C'era il respiro di mezzogiorno e delle malattie, l'aria guasta, il fumo vecchio di anni, il sudore delle ascelle che fa pesanti i vestiti, l'alito delle bocche guaste, l'afrore dei piedi in fermento. C'era l'acredine delle urine, il bruciore della fuliggine, il grigio effluvio delle patate bollite, il puzzo greve e untuoso dello strutto irrancidito. L'odore lento e dolce dei poppanti non lavati, il soffio d'angoscia dei bambini che vanno a scuola, l'esalazione dai letti dei ragazzi nella pubertà. E molto si era aggiunto che era venuto dal basso, evaporato dal baratro della strada; e molto era venuto dall'alto con la pioggia che non è mai pura sulle grandi città. Molto avevano portato i deboli venti, i venti ormai cittadini che soffiano sempre nelle stesse strade, e molto era ancora venuto di cui non si può sapere l'origine. Ho detto che tutti i muri erano demoliti meno l'ultimo? È sempre di quel muro che parlo. Si dirà che vi ho indugiato innanzi; ma io giuro che comincio a correre appena lo riconosco. È questo il terribile, che io lo riconosca? Qui riconosco sempre tutto; e per questo entra subito dentro di me, sono la sua casa. Mi sentivo un po' stanco, dopo, oserei dire sfinito; e per questo fu troppo vedere che anche lui mi aspettava. Mi aspettava nella piccola cremeria dove andavo a mangiare due uova al burro; avevo fame, non avevo mangiato in tutto il giorno. Ma anche cosí non riuscii a prendere un boccone; prima che le uova fossero pronte, mi sentii di nuovo trascinato in strada dove mi venne incontro il fitto gorgo degli uomini. Perché era carnevale, e sera, e tutti erano liberi, giravano e si spingevano a vicenda. E i loro visi erano pieni di luce che veniva dai baracconi e il riso colava da quelle bocche come marcio dalle ferite aperte. Ridevano sempre piú forte, e si urtavano; io cercavo di andare avanti con una impazienza crescente. Mi impigliai nello scialle di una donna e me lo tirai dietro; qualcuno mi fermò ridendo: sentii che anch'io dovevo ridere e che non potevo. Da un'altra parte mi gettarono negli occhi una manciata di coriandoli e fu come un colpo di frusta. Agli angoli la gente era piú fitta, un uomo addosso all'altro, e non potevano fare altro movimento che un leggero dondolio come se si accoppiassero da fermi. Ma benché essi fossero immobili e io corressi come un pazzo all'estremità del marciapiede, dove restava un piccolo intervallo nella calca, mi pareva che fossero loro a correre e che io stessi fermo. Perché non cambiava nulla; mi guardavo intorno e vedevo sempre le stesse case da una parte e i baracconi dall'altra. E forse tutto era fermo e c'era solo una vertigine dentro di noi per cui tutto sembrava girare. Non avevo tempo di riflettere; ero grondante di sudore e sentivo agitarsi dentro di me uno spasimo estenuante, come se il sangue portasse con sé qualcosa di troppo grosso che mi dilatava le vene. Sentii che mi mancava l'aria e che ormai respiravo solo i residui altrui: i polmoni mi si fermavano.

Ora è finita; ho superata la crisi. Sono seduto in camera mia accanto al lume; fa solo un po' freddo perché non ho il coraggio di provare la stufa: se si mettesse a fumare e fossi costretto a uscire di nuovo? Sto seduto e rifletto: se non fossi cosí povero affitterei un'altra stanza, una stanza con dei mobili non tanto consumati, non cosí piena della presenza dei vecchi inquilini. In principio mi era veramente difficile posare la testa su questa spalliera; c'è una zona grigioumida nel verde della stoffa, che sembra fatta per tutte le teste. Per molto tempo ho usato la precauzione di stendere un fazzoletto sotto i capelli; ma ora sono troppo stanco: trovo che va bene anche cosí e che il piccolo incavo è fatto proprio per la mia testa, su misura.

George Trakl

Al ragazzo Elis

Elis, se il merlo chiama da nere foreste,

allora è il tuo tramonto.

Bevono le tue labbra il fresco di azzurre sorgenti.

Lascia, se la tua fronte piano sanguina,

le remote leggende

e il presagio oscuro del volo.

Tu che vai con passi taciti nella notte

carica di grappoli purpurei

levi più belle nell'azzurro le braccia.

Batte un cespo di rovi

dove i tuoi occhi guardano, lunari.

Elis da quanto tempo tu sei morto.

Il tuo corpo è un giacinto

in cui fruga con ceree dita un monaco.

Il silenzio è una nera grotta; sbuca

di tanto in tanto timida una fiera,

abbassa lenta le palpebre gravi.

Nera rugiada cola alle tue tempie,

ultimo oro di stelle cadute.

Infanzia

Colmo di frutti il sambuco; tranquilla era l'infanzia

nella grotta celeste. Su percorsi sentieri,

dove rossiccia stride ora l'erba selvatica,

medita il calmo intrico di rami; un frusciare di foglie.

Simile quando suona l'acqua azzurra sul sasso.

Mite è il lamento del merlo. Un pastore

tacito segue il sole, scende dai colli autunnali.

L'anima non è piú che uno sguardo celeste.

Al limite del bosco viene una timida fiera,

posano in fondo le antiche campane e villaggi di tenebra.

Ma tu meglio conosci il senso degli anni oscuri,

freddo e autunno nelle camere nude;

fuori sul sacro azzurro suonano passi di luce.

Una finestra cigola piano; commuove

la vista del cadente cimitero sul colle,

narrate leggende; ma spesso l'anima schiara

pensiero di uomini lieti, di primavere d'oro.

Hohenburg

Nessuno è in casa. L'autunno alle camere;

sonate chiare di luna

e risvegliarsi al confine di una foresta in penombra.

Sempre tu pensi al bianco viso dell'uomo

lontano i clamori del tempo;

sopra il dormente si curva facile il verde dei rami,

una croce e la sera.

Stringe il suo canto con braccia di porpora un astro

che sorge al segno di finestre vuote.

Cosí nel buio trema l'ignaro

quando sommesso leva gli occhi a creature

ora distanti; una argentea voce dà il vento nell'atrio.

Canto serale

La sera, se andiamo per oscure vie,

smorte ci incontrano le nostre ombre.

Ora chi ha sete

beva le bianche acque dello stagno,

dolci i lamenti della nostra infanzia.

Morti in riposo sotto il folto sambuco

guardiamo grigi gabbiani.

Nubi primaverili coprono la città buia

che tace i tempi di monaci eletti.

Quando io presi la tua mano esile

battesti piano gli occhi rotondi:

ora è perduto.

Ma se una buia armonia penetra l'anima

appari tu bianca ai paesi autunnali del cuore.

In primavera

Piano cadde da oscuri passi la neve,

nelle ombre degli alberi

levano palpebre tenui gli amanti.

Sempre all'oscuro grido dei marinai

seguono notte e astri;

e i remi battono piano in cadenza.

Presto su muri caduti in rovina

fioriranno le viole:

cosí verdeggiano piano le tempie al taciturno.